The Eejits

ROALD DAHL
The Eejits

Translated by Matthew Fitt
Illustrated by Quentin Blake

Itchy Coo

First published 2006 by Itchy Coo
99 Giles Street, Edinburgh, Scotland EH6 6BZ

ISBN13 978 1 84502 097 2
ISBN10 1 84502 097 5

Originally published as *The Twits* by Jonathan Cape Ltd in 1980
Copyright © Roald Dahl Nominee Ltd 1980
Illustrations copyright © Quentin Blake 1980
Translation copyright © Matthew Fitt 2006

A CIP record for this book is available from the British Library

Typeset by RefineCatch Ltd
Printed by Nørhaven Paperback A/S

Contents

Hairy Coupons

Whit a clossach o hairy-bairdie men ye see gaun aboot nooadays.

When a man grows hair aw ower his coupon, ye cannae really tell whit he looks like.

Mibbe yon's hoo he does it. He'd raither ye didnae ken.

Then there's the cairry-on when it comes tae washin.

See when the awfie hairy yins wash their coupons, it's as muckle a cairry-on as when we wash the hair on oor heids.

Sae whit I want tae ken is this. Hoo aften dae aw thae hairy-bairdie men wash their coupons? Yince a week, like us, on Sunday nichts? And dae they shampoo it? Dae they blaw-dry it? Dae they rub hair-ile intae it tae stap their coupons fae gaun baldie? Dae they gang tae the barber's tae hae their hairy bairdies snippit and sneddit? Or dae they dae it theirsels in front o the mirror in the cludgie wi nail-scissors?

I dinna ken. But the nixt time ye see a mannie wi a hairy-bairdie face (and nae doot ye'll see yin the second ye step oot ontae the street) mibbe ye'll glower at him mair closely and stert wunnerin aboot some o thae things.

Mr Eejit

Mr Eejit wis yin o thae awfie hairy-bairdie men. The haill o his face (forby his foreheid), his een and his neb wis smooried wi thick hair. The stuff even sprooted in mingin tummocks oot o his neb-holes and his lug-holes, tae.

Mr Eejit thocht aw this hairy-bairdiness made him look awfie wise and graund. But tae tell ye the truth he wis nane o thae things. Mr Eejit wis an eejit. He wis boarn an eejit. And noo at the age o sixty, he wis a bigger eejit than ever.

The hair on Mr Eejit's face didna grow sleekit and fankled the wey it does on maist hairy-bairdie faces. It grew in jags that stuck strecht oot like the broostles o a nailbrush.

And hoo aften did Mr Eejit wash this broostlie nailbrushie coupon o his?

The answer is NEVER, no even on Sundays.

He hadnae washed it in years.

Clarty Bairds

As ye ken, an ordinary unhairy coupon like yours or mines jist gits a bit stoorie if we dinna wash it, and there's naethin wrang wi a wee bit o stoor.

But a hairy-bairdie's face is a different story awthegither. Things *hing* ontae the hairs. Things like broon bree get richt in amang the hairs and bide there. We can dicht oor sleekit faces wi a cloot and we look mair or less awricht again, but the hairy-bairdie mannie cannae.

If we caw canny, we can eat oor meals wioot gettin scran aw ower oor coupons. But no the hairy-bairdie mannie. Keek close in next time ye see a hairy mannie eatin his denner and ye'll notice that even if he opens his mooth aw the wey, he cannae for the life o him get a spoonfu o potted heid or cream crowdie or chocolate jibble intae it wioot skiddlin some o it on the hairs.

Mr Eejit didna even bother tae open his mooth wide when he ate. The end-up wis that there wis ayewis hunners o bitties o auld breakfasts and denners and teas stickin tae the hairs aroond his face. They werena big bitties, mind ye, because he dichted them aff wi the back o his haund or on his sark sleeve while he wis chawin. But if ye keekit close in (no that ye'd ever want tae) ye wid see peerie wee dauds o hauf-chawed scrammlie eggs stuck tae the hairs, and cauld kail and tomatae sauce and fush fingirs and chappit chicken herts and aw the ither mingin things Mr Eejit liked tae eat.

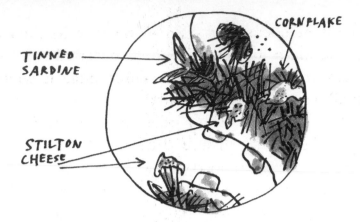

TINNED SARDINE

CORNFLAKE

STILTON CHEESE

If ye keekit even closer (haud yir nebs, louns and quines), if ye gawped deep intae the moustachy broostles stickin oot ower his tap lip, ye wid likely see far muckler bitties that had escaped the dicht o his haund, things that had been there for months and months, like a skliff o maukit green cheese or a foostie auld cornflake or even the slaiverie tail o a tinned sardine.

Because o aw this, Mr Eejit wis never really stervin. By pokin his tongue oot and wagglin it sideyweys tae howk aboot in the hairy-bairdie jungle aroond his mooth, he wis aye able tae find a tasty bittie here and there tae nabble on.

Whit I am tryin tae tell ye is that Mr Eejit wis a coorse, reekin auld midden.

He wis a crabbit auld bampot tae, as ye'll find oot in the noo.

Mrs Eejit

Mrs Eejit wis nae better than her guidman.

She didna hae a hairy-bairdie face but it wis a richt scunner that she didna because a baird wid hae hidden some o her boggin features.

Git a swatch at yon.

Hae ye ever seen a wumman wi a mair hackit coupon hingin on her than that? I doot ye havenae.

But the unco thing is that Mrs Eejit wisna boarn hackit. She had a bonnie enough face when she wis a wee lassie. The hackitness had grown on her year by year as she got aulder.

Hoo dae ye hink that wid happen? Weel, wait and I'll tell ye.

If a buddie has hackit thochts, it sterts tae shaw on the coupon. And when that buddie has hackit thochts ilka day, ilka week, ilka year, the face gets mair and mair hackit until it gets sae hackit ye cannae thole even tae look at it.

A buddie that has guid thochts canna ever be hackit. Ye can hae a squint neb and a shamgabbit mooth and twa chins and sticky-oot teeth, but if ye hae guid thochts they will aye glister oot o yer face like wee blinks o sun and ye'll aye look braw.

Naethin glistered oot o Mrs Eejit's face.

In her richt haund she cairried a shauchlin-stick. She yaised tae tell folk that this wis because she had plooks on the sole o her left fit and walkin wis sair. But the truth wis she cairried a stick sae she could skelp things wi it, things like dugs and cats and wee weans.

And then there wis the gless ee. Mrs Eejit had a gless ee that wis ayewis glowerin the wrang wey.

The Gless Ee

Ye can play hunners o pliskies wi a gless ee because ye can tak it oot and pap it back in again ony time ye like. Ye can bet yer life Mrs Eejit kent aw the pliskies.

Yin mornin she took oot her gless ee and drapped it intae Mr Eejit's joog o beer when he wisnae lookin.

Mr Eejit sat there slowly sookin his beer. The faem made a white ring on the hairs aroond his mooth. He dichted the white faem ontae his sark sleeve and dichted his sark sleeve on his breeks.

'Ye're up tae nae guid,' Mrs Eejit said, keepin her back tae him sae he widnae see she had taen her gless ee oot. 'Whenever ye haud yer wheesht like that I ken fine weel that ye're up tae nae guid.'

Mrs Eejit wis richt. Mr Eejit wis schemin awa like daft. He wis tryin tae think up a sleekit pliskie he could play on his wife the day.

'Ye'd better caw canny,' Mrs Eejit said, 'because when I see ye stertin tae scheme, I watch ye like a hoolet.'

'Ach, shut yer gub, ye auld carline,' Mr Eejit said. He kept sookin awa at his beer, and his sleekit mind kept workin awa at the latest ugsome pliskie he wis gaun tae play on the auld wumman.

Aw o a sudden, as Mr Eejit teemed the last drappie o beer doon his thrapple, he catchit sicht o Mrs Eejit's awfie gless ee gowkin up at him fae the bottom o the joog. It made him lowp.

'I tellt ye I wis watchin ye,' keckled Mrs Eejit. 'I hae een everywhere sae ye'd better caw canny.'

The Puddock

Tae get her back for the gless ee in his beer, Mr Eejit thocht it wid be a guid idea tae pit a puddock in Mrs Eejit's bed.

He catchit a muckle yin doon by the lochan and pit it in a kistie and cairried it back tae the hoose unner his jaiket.

That nicht, when Mrs Eejit wis in the bathroom reddin hersel up for bed, Mr Eejit slippit the puddock in atween her bed claes. Then he lowped intae his ain bed and waited for the stooshie tae stert.

Mrs Eejit cam back and sclimmed intae her bed and pit oot the licht. She lay there in the dark scartin her belly. Her belly wis aw yeukie. Clarty auld carlines like her ayewis hae yeukie bellies.

Then aw at yince she felt somethin cauld and creeshie crowlin ower her feet. She skraiked.

'Whit's wrang wi ye?' Mr Eejit said.

'Help!' skirled Mrs Eejit, booncin aboot. 'There's somethin in ma bed!'

'I'll bet ye it's yon Muckle Skooshywaggler I saw on the flair jist noo,' Mr Eejit said.

'*Whit?*' skraiked Mrs Eejit.

'I tried tae kill it but it got awa,' Mr Eejit said. 'It's got teeth like dirks.'

'Help!' skirled Mrs Eejit. 'Dae somethin! It's aw ower ma feet!'

'It's gonnae bite yir taes aff,' said Mr Eejit.

Mrs Eejit passed oot.

Mr Eejit got oot o his bed and brocht a joog o cauld watter. He poored the watter ower Mrs Eejit's heid tae bring her roond. The puddock crowled up fae unner the bed claes tae get tae the watter. It sterted lowpin aboot on the pillae. Puddocks love watter. This yin wis haein a rare auld time.

When Mrs Eejit cam roond, the puddock had jist lowped ontae her face. This isna a couthie thing tae happen tae onybody in their bed in the nicht. She skraiked again.

'Jings, it *is* a Muckle Skooshywaggler!' Mr Eejit said. 'It's gonnae bite yir neb aff.'

Mrs Eejit scrammled oot o bed, tummled doon the stair and spent the haill nicht on the sofae, while the puddock slept soond as a peerie on her pillae.

Hairy Oobit Spaghetti

The nixt day, tae pey Mr Eejit back for the puddock pliskie, Mrs Eejit creepit oot tae the back gairden and howked some hairy oobits oot the grund. She waled muckle lang yins and pit them in a tin and cairried the tin back tae the hoose unner her peenie.

At yin o'clock, she cookit spaghetti for denner and she mixter-maxtered the hairy oobits intae the spaghetti, but jist on her guidman's plate. And wi the hairy oobits aw jummled in wi the tomatae sauce and cheese, Mr Eejit didna hae a clue they were there.

'Here, ma spaghetti's shooglin!' squaiked Mr Eejit, pokin aroond in it wi his fork.

'Aye, it's a new kind,' Mrs Eejit said, takkin a moothfu fae her ain plate which didnae hae ony hairy oobits on it at aw. 'It's cried Shooglie Spaghetti. It's braw. Get it doon ye while it's guid and hoat.'

Mr Eejit sterted eatin, birlin the lang tomatae-covered strings roond his fork and stechin them intae his mooth. Soon the tomatae sauce wis aw ower his hairy-bairdie chin.

'It's no as braw as the kind ye usually get,' he girned, gabbin wi his gub fu o spaghetti. 'It's aw slitterie.'

'I'm fair enjoyin it masel,' said Mrs Eejit. She wis gawpin at him fae the ither end o the table. It gied her muckle pleisure watchin him eatin up aw thae hairy oobits.

'It's a bittie wersh,' Mr Eejit said. 'It's got a richt wersh taste tae it. Buy the ither kind nixt time.'

Mrs Eejit waited until Mr Eejit had slubbered his wey through the haill lot. Then she said, 'Ye want tae ken hoo yer spaghetti wis aw shooglie and slitterie?'

Mr Eejit dichted the tomatae sauce aff his baird wi the neuk o the table cloot. 'Hoo?' he said.

'And hoo it tasted aw mingin and wersh?'

'Hoo?' he said.

'Because it wis *hairy oobits*!' cried Mrs Eejit clappin her haunds and strampin her feet on the flair and jooglin wi scunnersome laughter.

The Unco Shauchlin-stick

Tae get Mrs Eejit back for pittin hairy oobits in his spaghetti, Mr Eejit thocht up an awfie sleekit pliskie.

Yin nicht, when the auld wumman wis snocherin awa in her sleep, he creepit oot o his bed and brocht her shauchlin-stick doon the stair tae his wee bothy. There he got the glue oot and he pit a tottie roond daud o widd (nae thicker than a bawbee) on tae the bottom o the stick.

19

This made the stick langer, but the chynge in it wis that wee, the nixt mornin Mrs Eejit didnae ken the difference.

The follaein nicht, Mr Eejit pit on anither peerie wee daud o widd. Ilka nicht, he creepit doon the stair and pit an extra tottie thickness o widd ontae the end o the shauchlin-stick. He did it sae weel that aw thae extra dauds o widd looked jist like pairt o the auld stick.

A wee bit at a time, Mrs Eejit's shauchlin-stick wis langer and langer gettin.

Noo when somethin is growin awfie slowly, it is gey near impossible tae ken that it's happenin. See you yersel, ye're langer gettin ilka day that gangs by, but ye widnae think it, wid ye? It's happenin that slowly ye cannae see ony difference fae yin week's end tae the nixt.

It wis the same wi Mrs Eejit's shauchlin-stick. It aw happened that slow that she didnae see ony difference, even when it wis haufwey up tae her shooder.

'That stick's ower lang for ye,' Mr Eejit said tae her yin day.

'Ye're richt!' Mrs Eejit said, keekin at the stick. 'I thocht there wis somethin wrang wi it but I couldnae work oot whit it wis.'

'There's somethin wrang awricht,' Mr Eejit said, stertin tae enjoy himsel.

'Whit dae ye think's gaun on?' Mrs Eejit said, glowerin at her auld shauchlin-stick. 'It must be langer gettin.'

'Dinnae be a daft dumplin,' Mr Eejit said. 'Hoo can a shauchlin-stick grow langer? It's made oot o deid widd. Deid widd doesnae grow.'

'Then whit in the name o Auld Nick's breeks is gaun on here?' cried Mrs Eejit.

'It's no the stick, it's *you*.' said Mr Eejit wi an ugsome grin. 'It's *you* that's *shorter* gettin. I've kent aboot this for some time noo.'

'That canna be richt!' cried Mrs Eejit.

'Ye're skrunklin up, wumman!' said Mr Eejit.

'It isnae possible!'

'Aye, it is,' said Mr Eejit. 'Ye're skrunklin fast. Ye're skrunklin *awfie* fast. Here, ye must hae skrunkled aboot a haill fit in the last twa-three days.'

'Haivers!' she cried.

'Aye, ye are. Tak a look at yer stick, ye auld neep, and get a swatch at hoo wee ye are aside it! Ye've got the *skrunkles*, that's whit ye've been took wi! Ye've taen the dreided *skrunkles*!'

Mrs Eejit aw o a sudden felt gey shooglie and had tae sit doon.

Mrs Eejit Taks
the Skrunkles

As soon as Mrs Eejit sat doon, Mr Eejit stobbed his fingir at her and roared, 'There ye go! Ye're sittin in yer auld chair and ye've skrunkled that muckle yer feet arenae even touchin the groond!'

Mrs Eejit keeked doon at her feet and by jings, the mannie wis richt. Her feet werenae touchin the groond.

Mr Eejit, ye see, had been jist as sleekit wi the chair as he'd been wi the shauchlin-stick. Whenever he'd gane doon at nicht and pit a wee daud extra ontae the stick, he'd been daein the same tae the fower legs o Mrs Eejit's chair.

'Look at the state o ye, sittin there in yer same auld chair,' he cried, 'and ye've skrunkled that muckle yer feet are hingin in mid-air.'

Mrs Eejit turned peeliewallie wi fear.

'Ye've got the *skrunkles*!' cried Mr Eejit, stobbin his fingir at her like pistol. 'Ye've been took wi them somethin awfie! Ye've got the maist scunnersome case o the skrunkles I've ever seen.'

Mrs Eejit wis that feart she sterted tae slaiver. But Mr Eejit, aye mindin thae hairy oobits in his spaghetti, didnae feel sorry for her at aw. 'I suppose ye ken whit *happens* tae ye when ye get the skrunkles?' he said.

'Whit?' gliffed Mrs Eejit. 'Whit happens?'

'Yer heid SKRUNKLES intae yer craigie ...

'And yer craigie SKRUNKLES intae yer boady ...

'And yer boady SKRUNKLES intae yer shanks ...

'And yer shanks SKRUNKLE intae yer feet. And at the end-up, there's naethin left, forby a pair o baffies and a pile o auld claes.'

'I canna thole this!' cried Mrs Eejit.

'It's an awfie thing,' said Mr Eejit. 'The warst seikness in the haill warld.'

'Hoo lang dae I hae?' gowled Mrs Eejit. 'Hoo lang afore I end up as a pile o auld claes and a pair o baffies?'

Mr Eejit pit on a gey dour face. 'The wey ye're gaun,' he said, wearily shakkin his heid, 'I'd say nae mair than ten or eleeven days.'

'Is there no *onythin* we can dae?' cried Mrs Eejit.

'There's jist the yin cure for the skrunkles,' said Mr Eejit.

'Tell us!' she cried. 'Tell us noo!'

'Weel, we cannae hing aboot,' said Mr Eejit.

'I'm ready. I'll no hing aboot. I'll dae onythin ye say,' cried Mrs Eejit.

'Ye winna last lang if ye dinnae,' said Mr Eejit, giein her anither boaksome grin.

'Whit dae I hae tae dae?' cried Mrs Eejit, clawin her coupon.

'Ye're gonnae hae tae get *raxed*,' said Mr Eejit.

Mrs Eejit Gets a Raxin

Mr Eejit brocht Mrs Eejit ootside where he had awthin redd up for the graund raxin.

He had a hunner balloons and a big baw o string.

He had a gas cylinder for blawin up the balloons.

He had an airn ring fixed intae the groond.

'Staund here,' he said, pyntin at the airn ring. Then he tied baith o Mrs Eejit's cooties tae the airn ring.

When yon wis done, he sterted blawin up the balloons wi gas. Ilka balloon wis on a lang whang o string and when it wis fu o gas it poued on its string, tryin tae gang up and up. Mr Eejit tied the ends o the strings tae the tap hauf o Mrs Eejit's boady. He tied a wheen o them roond her craigie, and a wheen unner her airms. He tied a wheen o them tae her sheckles and even a wheen o strings tae her hair.

There were soon fufty coloured balloons hingin in the air ower Mrs Eejit's heid.

'Can ye feel them raxin ye?' spiered Mr Eejit. 'Dae ye feel them streetchin ye oot?'

'I dae! I dae!' cried Mrs Eejit. 'They're streetchin me like daft.'

He pit on anither ten balloons. The upward pou wis noo awfie strang.

And there wis naethin she could dae aboot it. Wi her feet tied tae the groond and her airms gettin poued up by the balloons, she couldnae budge. She wis totally steekit, and Mr Eejit had planned tae gang awa and leave her that wey for twa-three days and nichts tae learn her a lesson. But jist as he wis aboot tae leave, Mrs Eejit opened her muckle mooth and said somethin stupit.

'Are ye shair ye tied ma feet ticht enough tae the groond?' she peched. 'See thae strings aroond ma cooties? If they brek, it'll be cheerio for me.'

And yon's whit gied Mr Eejit his second sleekit idea.

Mrs Eejit Gangs
Wheechin Up

'See thae balloons, tae? They could tak me intae ooter space!' Mrs Eejit squaiked.

'Tak ye intae *ooter space*!' exclaimed Mr Eejit. 'Whit an awfie idea! We widnae want onythin like yon tae happen tae ye, och help ma boab no!'

'Aye, ye're richt there we widnae!' cried Mrs Eejit.

'Quick, pit mair string roond ma cooties! I want tae feel a hunner percent safe.'

'Nae bother, ma wee doo,' said Mr Eejit, and wi a warlock's grin on his gub he knelt doon her at her feet. He took a dirk fae his pooch and wi yin quick sleesh he sneddit through the strings haudin Mrs Eejit's cooties tae the airn ring.

She gaed wheechin up like a rocket.

'Help!' she skraiked. 'Save us!'

But there wis nae savin her noo. Efter a few seconds she wis awa up in the blue sky and risin fast.

Mr Eejit stood ablow keekin up. '*Whit* a bonnie sicht,' he said tae himsel. 'Aw thae balloons up in the sky look jist braw. And whit a rare bit o luck for me. At lang last that's the auld carline awa and oot o ma road for ever and aye.'

Mrs Eejit Cams
Kelterin Doon

Mrs Eejit micht hae been hackit and she micht hae been a richt auld soor-face, but she wisnae glaikit.

Awa up there in the sky, she had a bricht idea. 'If I can lowse a wheen o thae balloons,' she said tae hersel, 'I'll stap gangin up and stert comin doon.'

She sterted chawin through the strings that held the balloons tae her sheckles and airms and craigie and hair. Ilka time she chawed through a string and lowsed a balloon, the upward pou wisnae as strang and she sterted tae slow doon.

When she had chawed through twinty strings, she stapped gaun up awthegither. She steyed still in the air.

She chawed through yin mair string.

Slowly, awfie slowly, she sterted tae float doonwards.

It wis a lown, quiet day. There wis nae wind at aw. And because o this, Mrs Eejit had gane strecht up. She noo sterted tae cam strecht doon.

As she floated cannily doon, Mrs Eejit's petticoat pluffed oot like a parachute, shawin aff her lang frilly breeks. It wis a rare sicht on a brawsome day, and thoosands o birds cam fleein in frae miles aroond tae gawp at this ferlie o an auld wumman in the sky.

Mr Eejit Gets
an Awfie Fleg

Mr Eejit thocht he had seen the last o his hackit wife. He wis sittin in the gairden drinkin a joog o beer haein a ceilidh aw by himsel.

Wioot a soond, Mrs Eejit cam floatin doon. When she wis aboot the hicht o the hoose ower Mr Eejit, she roared oot at the tap o her voice, 'Here I cam, ye glaikit auld golach! Ye foostie auld tumshie! Ye boggin auld bubblyjock!'

Mr Eejit lowped as if he'd been stang by a muckle wasp. He drapped his beer. He keeked up.

He peched. He gliffed. He groozled. A wheen
chokin soonds cam oot o his mooth. '*Ughhhhhhhh!*'
he said. '*Arghhhhhhhh! Ochhhhhhhh!*'

'I'm gonnae brain ye this time!' roared Mrs Eejit.
She wis birlin richt doon on tap o him. She wis
bealin wi rage and sleeshin the air wi her lang

shauchlin-stick which she had somewey managed tae hing on tae aw this time. 'I'll skelp ye tae a skiddle!' she shouted. 'I'll dunt ye tae a driddle! I'll gub ye tae a guddle!' And afore Mr Eejit had time tae run awa, this bealin bourach o frilly breeks and balloons landed richt on tap o him, skitin oot wi the stick and lampin him aw ower his boady.

The Hoose, the Tree and the Puggie Cage

But that's enough o yon pair. We cannae jist watch thae twa mingers daein mingin things tae each ither. We hae tae cairry on wi the story.

Here is a pictur o Mr and Mrs Eejit's hoose and gairden. Some hoose! It looks mair like a jyle. And no a windae onywhere.

'Wha wants windaes?' Mr Eejit had said when they were biggin it. 'Wha wants every Tam, Jock and Jimmy keekin in tae see whit ye're daein?' It didnae occur tae Mr Eejit that windaes were maistly for lookin oot o, no for lookin intae.

And whit dae ye mak o yon guddle o a gairden? Mrs Eejit wis the gairdener. She wis awfie guid at growin thrissles and nettles. 'I aye grow hunners o jaggie thrissles and hunners o nippie nettles,' she yaised tae say. 'They keep oot nebbie nyaffie wee weans.'

Near the hoose ye can see Mr Eejit's bothy.

Tae yin side there is The Big Deid Tree. It never has ony leaves on it because it's deid.

And no far fae the tree, ye can see the puggie cage. There are fower puggies in it. They belang Mr Eejit. Ye'll be hearin mair aboot them efter.

SNECK-YE-TICHT
Clatty Glue

Yince a week, on Wednesdays, the Eejits had Bird
Pie tae their supper. Mr Eejit catchit the birds and
Mrs Eejit cookit them.

Mr Eejit wis guid at catchin them. On the day
afore Bird Pie day, he wid pit the ladder up against
The Big Deid Tree and sclim intae the brainches wi
a bucket o glue and a pent-brush. The glue he yaised
wis somethin cawed SNECK-YE-TICHT and it
wis clattier than ony ither glue in the warld. He wid
pent it alang the taps o aw the brainches and then
gang awa.

As the sun dooked doon in the sky, birds wid flee

in fae aw the airts tae reest for the nicht in The Big Deid Tree. They didnae ken, puir sowels, that the brainches o the tree were aw slaistered wi scunnersome SNECK-YE-TICHT glue. The moment they landed on a brainch, their feet stuck and it wis cheerio for them.

The nixt mornin, which wis Bird Pie day, Mr Eejit wid sclim the ladder again and grup aw the hermless birds that were stuck tae the tree. It didnae maitter whit kind they were – mavies, blackies, speuggies, craws, wee kittie wrens, reid rabs, onythin – they aw got pit in the pot for Wednesday's Bird Pie supper.

Fower Clatty Wee Laddies

Yin Tuesday at gloamin efter Mr Eejit had been up the ladder and slaistered the tree wi SNECK-YE-TICHT, fower wee laddies creepit intae the gairden tae get a swatch at the puggies. They didnae care aboot the jaggie thrissles and the nippie nettles, no when there were puggies tae keek at. But efter a while, they got scunnered lookin at the puggies, sae they nebbed further intae the gairden and foond the ladder leanin against The Big Deid Tree. They thocht it wid be fun tae sclim up it.

There's naethin wrang wi that.

The nixt mornin, when Mr Eejit cam oot tae gaither in the birds, he foond fower dowie-faced wee laddies sittin in the tree, stuck as ticht as onythin by the bottom o their breeks tae the brainches. There were nae birds because the laddies had flegged them awa.

Mr Eejit wis bealin. 'Seein as hoo there are nae birds for ma pie the nicht,' he roared, ' it'll jist hae tae be laddies insteid!' He sterted tae sclim the ladder. 'Laddie Pie micht be better than Bird Pie,' he cairried on wi an ugsome grin. 'Mair meat and no sae mony peerie wee banes!'

The laddies were tremmlin. 'He's gonnae bile us!' cried yin o them.

'He'll turn us intae stovies!' gowled the second yin.

'He'll chaw us up wi cairrots!' gret the third.

But the fourth wee laddie that had mair mense than the ithers, whispered, 'Here, I've jist had an idea. We are ainly stuck by *the bottom o oor breeks*. Sae, quick! Unbutton yer breeks, slip oot o them and faw doon tae the groond.'

Mr Eejit had raxed the tap o the ladder and wis jist aboot tae grup the nearest laddie when aw o a sudden they tummled oot o the tree and ran for hame wi their wee bahookies wagglin in the sun.

The Graund Upside Doon
Puggie Circus

Noo for the puggies.

The fower puggies in the cage in the gairden were aw the yin faimlie. They were Rummle-Thump and his guidwife and their twa wee bairns.

But whit in the name o Beelzebub's bunnet were Mr and Mrs Eejit daein wi puggies in their gairden?

Weel, auld lang syne, they had baith worked in a circus as puggie trainers. They yaised tae learn puggies tae dae pliskies and tae dress up in human claes and tae smoke pipes and aw that sort o cairry-on.

Nooadays, though they were baith retired, Mr Eejit aye wanted tae train puggies. It wis his dream that yin day he wid hae the first Graund Upside Doon Puggie Circus in the warld.

That meant the puggies had tae dae awthin upside doon. They had tae daunce upside doon (on their haunds wi their feet in the air). They had tae play fitba upside doon. They had tae balance yin on tap o tither upside doon, wi Rummle-Thump at the bottom and the wee-est, peeriest bairn puggie richt at the tap. They even had tae eat and drink upside doon and yon isnae an easy thing tae dae because the food and watter has tae gang up yer thrapple insteid o doon it. In fact, it's gey near impossible, but the puggies jist had tae dae it, or they widnae get onythin tae eat.

Aw this soonds awfie glaikit tae ye and me. It soonded awfie glaikit tae the puggies, tae. They were absolutely scunnered wi haein tae dae this upside doon cairry-on day efter day. It gied them the shakky tremmlies staundin on their heid for oors and oors. Whiles, the twa wee puggie bairns wid pass oot wi aw the blood runnin up intae their heids. But Mr Eejit didnae care aboot yon. He kept them at it for six oors ilka day and if they didnae dae whit they were telt, Mrs Eejit wid soon cam fleein oot wi her scunnersome stick.

The Shooglie-Wooglie Bird
tae the Rescue

Rummle-Thump and his faimlie wanted tae brek oot o the cage in Mr Eejit's gairden and gang hame tae the African jungle where they cam fae.

They were bealin at Mr and Mrs Eejit for makkin their lives sae honkin and dreich.

They were bealin at them, tae, for whit they did tae the birds ilka Tuesday and Wednesday. 'Flee awa, birds!' they yaised tae shout, lowpin aboot in the cage and waggin their airms. 'Dinnae sit on The Big Deid Tree! The haill thing's jist been slaistered wi clatty glue. Awa and sit somewhere else!'

But aw thae birds were Scottish and they couldnae unnerstaund the unco African language the puggies spak. Sae they took nae notice and cairried on yaisin The Big Deid Tree and gettin catchit for Mrs Eejit's Bird Pie.

Then yin day, a braw fantoosh bird flew doon oot o the sky and landed on the puggie cage.

'Gad sakes!' cried aw the puggies thegither. 'It's the Shooglie-Wooglie Bird! Whit in the name o Jock Tamson's troosers are ye daein ower here in Scotland, Shooglie-Wooglie Bird!' Like the puggies, the Shooglie-Wooglie Bird cam fae Africa and he spak the same language as them.

'I'm on ma holidays,' said the Shooglie-Wooglie Bird. 'I like tae get aboot.' He shoogled his fantoosh coloured fedders and looked doon the end o his neb at the puggies. 'For maist folk,' he cairried on,' fleein awa on their holidays is gey expensive, but I can flee onywhere in the warld and it doesnae cost me a bawbee.'

'Dae ye ken hoo tae spikk tae thae Scottish birds?' Rummle-Thump spiered him.

'Aye, I dae,' said the Shooglie-Wooglie Bird. 'It's nae guid gaun tae a country and no kennin the language.'

'Then we hae tae hurry,' said Rummle-Thump. 'It's Tuesday the day and ower there ye can awready

see that mingin Mr Eejit up the ladder pentin yon
clatty glue on aw the brainches o The Big Deid
Tree. In the gloamin when the birds cam in tae reest,
ye hae tae tell them tae tak tent and no sit on the tree
or they'll get turned intae Bird Pie.'

In the gloamin, the Shooglie-Wooglie Bird flew
roond and roond The Big Deid Tree chantin,

'There's clatty-clat guff aw ower yon tree.
If yis land on it, ye'll never win free.
Flee awa! Shoot the craw! Mind and stey up high,
Or see this time the morra, ye'll be Eejit Bird Pie.'

Nae Bird Pie for Mr Eejit

The nixt mornin when Mr Eejit cam oot wi his muckle creel tae grup aw the birds fae The Big Deid Tree, there wisnae a single yin on it. They were aw sittin on tap o the puggie cage. The Shooglie-Wooglie Bird wis there as weel, and Rummle-Thump and his faimlie were ben the cage and the haill lot o them were lauchin at Mr Eejit.

Still Nae Bird Pie
for Mr Eejit

Mr Eejit wisnae gonnae hing aboot anither week for his Bird Pie supper. He couldnae get enough o Bird Pie. It wis his favourite scran. Sae that same day, he wis efter the birds again. This time he slaistered aw the tapmaist bars o the puggie cage wi the clatty glue, as weel as the brainches o The Big Deid Tree. 'I'll get yis noo,' he said. 'wherever ye park yer birdie bahookies.'

51

The puggies hunkered doon ben the cage watchin aw this, and efter, when the Shooglie-Wooglie Bird cam birlin in at gloamin for a blether, they roared oot, 'Dinnae land on oor cage, Shooglie-Wooglie Bird! It's been slaistered wi clatty glue! Sae's the tree.'

And in the gloamin, as the sun dooked doon and aw the birds cam in again tae reest, the Shooglie-Wooglie Bird flew roond and roond the puggie cage and The Big Deid Tree, chantin at the birds tae tak tent,

'Noo there's clatty guff on the cage *and* the tree.
If yis land on either, ye'll never win free.
Flee awa! Shoot the craw! Mind and bide up high,
Or see this time the morra, ye'll be Eejit Bird Pie.'

Mr and Mrs Eejit Gang Oot tae Buy Guns

The nixt mornin when Mr Eejit cam oot wi his muckle creel, there were nae birds tae be seen on either the puggie cage or The Big Deid Tree. They were aw sittin blithely on the roof o Mr Eejit's hoose. The Shooglie-Wooglie Bird wis up there as weel, and the puggies were in the cage and the haill lot o them were in kinks o lauchter at Mr Eejit.

'I'll dicht that glaikit lauch aff yer nebs,' Mr Eejit skraiked at the birds. 'I'll get yis, nixt time, ye fousome fedderie futrats. I'll thrist yer thrapples, the haill mess o yis, and hae ye bubblin in a pot for Bird Pie afore this day is oot!'

'Hoo are ye gonnae dae that?' spiered Mrs Eejit, that had cam ootside tae see whit aw the stramash wis aboot. 'I'll no hae ye slaisterin yon clatty glue aw ower the roof o oor hoose.'

But Mr Eejit sterted jooglin wi excitment. 'I've got a gallus idea!' he cried. He didna bother tae keep his voice doon because he didnae think the puggies could unnerstaund. 'Baith o us will gang doon the toun richt noo and we'll buy oorsels a pair o muckle guns!' he roared. 'Whit dae ye think o that?'

'Braw!' cried Mrs Eejit, grinnin and shawin her lang yellae wallies. 'We'll buy thae muckle big guns that boak oot fufty bullets wi every bang!'

'Richt,' said Mr Eejit. 'Lock up the hoose while I mak shair the puggies are safely shut awa.'

Mr Eejit breenged ower tae the puggie cage. 'Haw!' he roared in his frichtsome puggie trainer's voice. 'Upside doon, aw o yis. Yin on tap o tither. Get on wi it or I'll get Mrs Eejit tae cam oot here and dicht yer bahookies wi her shauchlin-stick.'

Wioot a peep, the puir puggies stood on their haunds and scrammled yin on tap o tither wi Rummle-Thump at the bottom and the peeriest bairn richt at the tap.

'Noo stey like that tae we get back,' Mr Eejit grooled. 'Dinnae even think aboot budgin! And dinnae cowp! When we get hame in twa-three oors,

I better find yis aw jist the wey ye are the noo! Awricht?'

Wi that, Mr Eejit mairched awa. Mrs Eejit strampéd aff wi him. And the puggies were left alane wi the birds.

Rummle-Thump Has a Gallus Idea

As soon as Mr and Mrs Eejit were awa doon the road, the puggies aw jinked back ontae their feet the richt wey up. 'Quick, awa and get the key!' Rummle-Thump cawed oot tae the Shooglie-Wooglie Bird, that wis aye sittin on the roof o the hoose.

'Whit key?' roared the Shooglie-Wooglie Bird.

'The key tae the door o oor cage,' cried Rummle-Thump. 'It's hingin on a nail in the bothy. That's where he aye pits it.'

The Shooglie-Wooglie Bird flew doon and cam back wi the key in his neb. Rummle-Thump raxed a

haund through the bars o the cage and taen the key. He pit it in the lock and turned it. The door squaiked open. Aw fower puggies lowped oot thegither.

'We're lowsed!' cried the twa wee yins. 'Where are we gaun, Da? Where are we gonnae hide?'

'Dinna fash,' said Rummle-Thump. 'Calm doon, the lot o yis. Afore we get oot o this honkin place we hae yin awfie important thing tae dae.'

'Whit?' they spiered him.

'We're gonnae turn thae awfie Eejits UPSIDE DOON.'

'We're gonnae dae *whit?*' they cried. 'Ye've got tae be jokin.'

'I'm no nae jokin. We're gonnae turn baith Mr and Mrs Eejit UPSIDE DOON wi their wee leggies in the air.'

'Dinnae be daft. Hoo can we possibly turn thae twa maukit auld horrors upside doon?'

'Och, easy,' cried Rummle-Thump. 'We are gonnae mak them staund on their heid for oors and oors. Mibbe for aye. Let *them* see hoo it feels for a chynge.'

'Hoo?' said the Shooglie-Wooglie Bird. 'Jist tell us hoo.'

Rummle-Thump pit his heid tae yin side and a peerie skinklin smile touched the neuks o his

mooth. 'Noo and again,' he said, 'but no aw that aften, I hae a gallus idea. This is yin o them. Follae me, ma freends, follae me.' He scrammled aff towards the hoose and the three ither puggies and the Shooglie-Wooglie Bird follaed efter him.

'Buckets and pent-brushes!' cried Rummle-Thump. 'Yon's whit we're efter! There are hunners in the bothy! Hurry up, aw o yis! Get a bucket and a pent-brush.'

Ben in Mr Eejit's bothy there wis a muckle barrel o SNECK-YE-TICHT clatty glue, the stuff he yaised tae catch the birds. 'Fill yer buckets!' Rummle-Thump telt them. 'We are noo gaun intae the big hoose!'

Mrs Eejit had hidden the key tae the front door unner the bass and Rummle-Thump had seen her daein it, sae it wis nae bother for them tae get in. Intae the hoose they stotted, aw fower puggies wi their buckets o clatty glue. Then cam the Shooglie-Wooglie Bird fleein in efter them, wi a bucket in his neb and a brush in his cleuk.

The Graund Glue
Pentin Gets Gaun

'This is the front room,' annoonced Rummle-
Thump. "The graund and fantoosh front room
where thae twa flegsome frichtsome freaks hae Bird
Pie ilka week tae their supper!'

'Gonnae no talk aboot yon Bird Pie ony mair,'
said the Shooglie-Wooglie Bird. 'It gies me the
cauld creeps.'

'We cannae hing aboot!' cried Rummle-Thump.
'Shift yer dowpers! Noo the first thing is this! I want
awbody tae pent clatty glue aw ower the ceilin!
Cover it aw! Slaister it intae ilka neuk!'

'Ower the *ceilin*!' they cried. 'Whit are ye on aboot?'

'Dinnae ask glaikit questions!' shouted Rummle-Thump. 'Jist dae whit ye're telt and stap girnin!'

'But hoo are we gonnae get up there?' they spiered. 'We canna rax that high.'

'Puggies can rax onywhere!' shouted Rummle-Thump. He wis in a swither o excitement noo, waggin his pent-brush and his bucket and lowpin aboot aw ower the room. 'Come on, come on! Lowp ontae the table! Staund on the chairs! Jink up on each ither's shooders! Shooglie-Wooglie can dae it fleein! Dinna staund there gawpin! Dae yis no get it? We hae tae hurry. Thae awfie Eejits will be back hame ony moment and this time they're gonnae hae *guns*! Sae, for peety's sake, shift yer bahookies!'

And sae the graund glue pentin o the ceilin got gaun. Aw the ither birds that had been sittin on the roof flew in tae help oot, cairryin pent-brushes in their cleuks and nebs. There were gleds, pyots,

hoodie-craws, corbies and hunners mair. Awbody wis splairgin awa like daft and, wi that mony helpers, the job wis soon feenished.

The Kerpit Gangs
on the Ceilin

'Whit noo?' they aw spiered, lookin at Rummle-Thump.

'Weel, freends,' cried Rummle-Thump. 'Noo for the fun! Noo for the greatest upside doon pliskie o aw time! Are yis aw ready?'

'Aye, we're aw ready,' said the puggies. 'Aye, we're ready and aw,' said the birds.

'Wheech oot the kerpit!' roared Rummle-Thump. 'Wheech this muckle kerpit oot frae unner the furnitur and stick it on tae the ceilin!'

'On tae the *ceilin*!' cried yin o the wee puggies. 'But, Da, yon's impossible. We cannae dae that!'

'I'll stick *you* on tae the ceilin if ye dinnae shut yer geggie!' roared Rummle-Thump.

'He's daft!' they cried.

'He's dytit!'

'He's raiveled!'

'He's no richt!'

'He's awa wi it!'

'He's gyte!' cried the Shooglie-Wooglie Bird. 'Puir auld Rummlie's thumped his heid yince ower aften!'

'Och, stap haiverin and gie's a haund,' said Rummle-Thump, gettin a haud o yin neuk o the kerpit. 'Pou, ye bawheids, pou.'

The kerpit wis muckle. It covered the haill flair

fae waw tae waw. It had a reid and gowd pattern on it. It isnae easy tae wheech a muckle kerpit aff the flair when the room is fu o tables and chairs. 'Pou,' yelled Rummle-Thump. 'Pou, pou, pou!' He wis like a deil stottin aroond the room and tellin awbody whit tae dae. But ye couldnae blame him. Efter months and months o staundin on his heid wi his faimlie, he couldnae wait tae see the awfie Eejits daein the same thing. At least yon's whit he hoped.

Wi the puggies and the birds aw pouin and pechin, the kerpit wis draggit aff the flair and at lang last heezed up on tae the ceilin. And yon's where it stuck.

In twa ticks, the haill o the ceilin in the front room had a kerpit o reid and gowd.

The Furnitur Gets
Wheeched Up

'Noo the table, the muckle table!' roared Rummle-Thump. 'Wheech that table upside doon and pit a daud o clatty glue on tae the bottom o ilka leg. Then we're gonnae stick it on tae the ceilin, tae!'

Heezin a muckle table upside doon on tae the ceilin wisnae an easy job, but at the end-up they managed it.

'Will it stey there?' they cried. 'Is yon glue strang enough tae haud it up?'

'It's the clattiest glue in the warld!' Rummle-Thump replied. 'It's the special bird-sneckin bird-slauchterin glue for slaisterin on trees!'

'Gonnae no keep gaun on aboot that!' said the
Shooglie-Wooglie Bird. 'Hoo wid *ye* like it if it wis
Puggie Pie they made ilka Wednesday and aw your
freends had been biled up and I didna stap gaun on
aboot it?'

'Sorry, neebor,' said Rummle-Thump. 'I'm that
kittled up wi excitement I dinna ken whit I'm sayin.
Noo the chairs! Dae the same tae the chairs! Aw the
chairs must be stuck upside doon tae the ceilin! And

in their richt places! Hurry up, awbody! Ony
moment noo, thae twa clarty cadgers are gonnae
cam breengin in wi their guns!'

The puggies, wi the birds giein them a haund, pit

glue on the bottom o ilka chair leg and heezed them
up tae the ceilin.

'Noo the wee tables!' roared Rummle-Thump.
'And the muckle sofa! And the sideboard! And the
lichts! And aw the tottie peerie wee things! The
ashtrays! The whigmaleeries! And yon hackit plastic
gnome on the sideboard! Awthin, absolutely awthin
must be stuck tae the ceilin!'

It wis awfie hard work. The maist difficult pairt wis stickin awthin on tae the ceilin in jist its richt place. But at the end-up they got it aw done.

'Whit noo?' spiered the Shooglie-Wooglie Bird. He wis oot o pech and that wabbit he could haurdly flochter his wings.

'Noo the picturs!' cried Rummle-Thump. 'Wheech the picturs upside doon! And wid yin o you birds flee oot on tae the road and watch tae see when thae clarty cadgers are comin hame.'

'I'll dae it,' said the Shooglie-Wooglie Bird. 'I'll sit on thae telephone wires and keep an ee oot for them. It'll gie me a wee brek, tae.'

The Corbies Birl Ower

They had ainlie jist feenished the job when the Shooglie-Wooglie Bird cam birlin in, skraikin, 'They're comin hame! They're comin hame!'

Quickly, the birds flew back on tae the roof o the hoose. The puggies breenged intae their cage and stood upside doon yin on tap o tither. A moment efter, Mr and Mrs Eejit cam strampin intae the gairden, baith o them cairryin a flegsome-lookin gun.

'I'm gled tae see thae puggies are aye upside doon,' said Mr Eejit.

'They're ower glaikit tae dae onythin else,' said Mrs Eejit. 'Haw, look at aw thae gallus birds aye up

there on the roof! Let's gang ben the hoose and load oor bonnie new guns. Then we'll gie it a bit o the auld *bangity bang bang* and hae Bird Pie tae oor supper.'

Jist as Mr and Mrs Eejit were aboot tae gang ben the hoose, twa black corbies wheeched in low ower their heids. Baith birds cairried a pent-brush in its cleuk and ilka pent-brush wis slaistered wi clatty glue. As the corbies birled ower, they dichted a slaver o clatty glue ontae the taps o Mr and Mrs Eejit's heids. They did it wi the lichtest touch but the Eejits aye felt it.

'Whit wis *yon?*' cried Mrs Eejit. 'Some bowfin bird has drapped his clarty keech on ma heid!'

'On mines tae!' shouted Mr Eejit. 'I felt it! I felt it!'

'Dinna touch it!' cried Mrs Eejit. 'Ye'll get it aw

ower yer haunds! Come awa ben and we'll wash it aff at the jaw-box!'

'Thae manky maukit mingers,' yelled Mr Eejit. 'I'll bet ye they did yon on purpose! Jist wait the noo tae I've loadit up ma gun!'

Mrs Eejit got the key fae unner the bass at the door (where Rummle-Thump had cannily pit it back) and they baith stramped ben the hoose.

The Eejits Are Turned
Upside Doon

'*Whit's the story?*' peched Mr Eejit as they stotted intae the front-room.

'*Whit's gaun on?*' skraiked Mrs Eejit.

They stood in the middle o the room, keekin up. Aw the furnitur, the muckle table, the chairs, the sofa, the lichts, the wee side tables, the cabinet wi bottles o beer in it, the whigmaleeries, the electric fire, the kerpit, awthin wis stuck upside doon tae the ceilin. The picturs were upside doon on the waws.

And the flair they were staundin on had naethin left on it at aw. Whit's mair, it had been pented white tae look like the ceilin.

'*Look!*' skraiked Mrs Eejit. '*That's the flair. The flair's up there! This is the ceilin! We're staundin on the ceilin!*'

'We're UPSIDE DOON!' gliffed Mr Eejit. 'We *must* be upside doon. We are staundin on the ceilin keekin doon at the flair.'

'Oh, naw!' skraiked Mrs Eejit. 'Naw naw naw! Ma heid's pure birlin!'

'Mines tae. Mines tae,' cried Mr Eejit. ' I dinnae like this yin wee bit.'

'We're upside doon and aw the blood's gaun tae ma heid!' squaiked Mrs Eejit. 'If we dinnae dae somethin quick, I'm gonnae dee, I ken I am.'

'Dinna fash!' cried Mr Eejit. 'I ken whit we can dae. *We'll staund on oor heids, then at least we'll be the richt wey up.*'

Sae they stood on their heids, and shair enough, the moment the taps o their heids touched the flair, the clatty glue the corbies had dichted on a few moments afore did its job. The pair o them were stuck. They were peened doon, cementit, steekit, thirled tae the widden flair.

Through a crack in the door the puggies watched. They'd lowped richt oot o their cage the moment the Eejits had gane ben. And the Shooglie-Wooglie Bird watched. And aw the ither birds flew in and oot tae get a swatch at this extraordinary ferlie.

The Puggies Escape

That evenin, Rummle-Thump and his faimlie gaed up tae the muckle widd on tap o the brae, and in the tallest tree they biggit a braw tree-hoose. Aw the birds, especially the muckle yins, the craws and corbies and pyots, biggit their nests aroond the tree-hoose sae that naebody could see it fae the groond.

'Ye cannae bide up here for aye, ye ken,' the Shooglie-Wooglie Bird said.

'Hoo no?' spiered Rummle-Thump. 'It's a bonnie place.'

'Whit'll ye dae when the winter sterts,' the Shooglie-Wooglie Bird said. 'Puggies dinnae like the cauld weather, dae they?'

'We certainly dinnae!' cried Rummle-Thump. 'Are the winters roond here awfie cauld?'

'It's aw snaw and ice,' said the Shooglie-Wooglie Bird. 'Whiles it's that cauld a bird will wauk up in the mornin wi his feet frozen tae the brainch he's been reestin on.'

'Then whit'll we dae?' cried Rummle-Thump. 'Ma faimlie's gonnae aw get deep-freezed!'

'Naw, they winnae,' said the Shooglie-Wooglie Bird. 'Because when the first leaves o autumn stert tae faw fae the trees, ye can aw flee hame tae Africa wi me.'

'Dinnae be daft,' Rummle-Thump said. 'Puggies cannae flee.'

'Ye can sit on ma back,' said the Shooglie-Wooglie Bird. 'I'll tak ye yin at a time. Ye'll aw traivel hame by the Shooglie-Wooglie Super Jet and it'll no cost ye a bawbee.'

The Eejits Tak the Skrunkles

And doon here in the honkin hoose, Mr and Mrs
Eejit are aye stuck upside doon tae the flair in the
front room.

'This is aw your faut!' yelled Mr Eejit, kickin his
shanks in the air. '*Ye're* the yin, ye hackit auld coo,
that wis lowpin aboot shoutin, "We're upside doon!
We're upside doon!"'

'And *ye're* the yin that said tae staund on oor heids
sae we'd be the richt wey up, ye girnie auld grump-
hie!' skraiked Mrs Eejit. 'Noo we'll never win free!
We'll be stuck here for ever and aye.'

'*You* micht be stuck here for aye,' said Mr Eejit. 'But no me! I'm gonnae get awa!'

Mr Eejit warsled and waggled, and he fankled and runkled, and he bauchled and shauchled, and he jouked and he joogled, but the clatty glue held him tae the flair jist as ticht as it had yince held the puir birds in The Big Deid Tree. He wis aye as upside doon as ever, staundin on his ain heid.

But heids arenae made for folk tae staund on. If ye staund on yer heid for a gey lang time, an ugsome thing happens, and this wis where Mr Eejit got the biggest fleg o aw. Wi that muckle wecht pushin doon on it, his heid began tae skrunkle intae his boady.

Gey soon, it had disappeared awthegither, sunk oot o sicht in the fozie faulds o his creeshie craigie.

'I'm SKRUNKLIN!' bubbled Mr Eejit.

'Sae am I!' cried Mrs Eejit.

'Help us! Save us! Caw a doctor! Caw the polis!' yelled Mr Eejit. 'I'm bein took wi THE DREIDED SKRUNKLES!'

And sae he wis. Mrs Eejit wis takkin THE DREIDED SKRUNKLES, tae! And this time it wisna a pliskie. It wis the real thing!

Their heids SKRUNKLED intae their craigies…

Then their craigies sterted SKRUNKLIN intae their boadies…

And their bodies sterted SKRUNKLIN intae their shanks ...

And their shanks sterted SKRUNKLIN intae their feet ...

And efter yin week, on a braw sunny efternoon, a mannie cawed Fred cam roond tae read the gas meter. When naebody answered the door, Fred keeked intae the hoose and there he saw, on the flair o the front room, twa bunnles o auld claes, twa pair o baffies and a shauchlin-stick. There wis naethin mair left in this warld o Mr and Mrs Eejit.

And awbody, (Fred as weel), roared ... 'YA BEAUTY!'

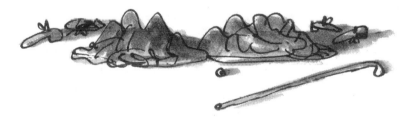